JEAN CALAS

A SA FEMME

ET A SES ENFANS,

HÉROÏDE.

Tantum Relligio potuit fuadere malorum !

Lucret. Lib. 1.

Par M. BLIN DE SAINMORE.

A PARIS,

De l'Imprimerie de SÉBASTIEN JORRY, rue & vis-
à-vis la Comédie Francoife, au Grand Monarque.

M. DCC. LXV.

Avec Permiffion.

AVERTISSEMENT.

U N Vieillard de 69 ans a été accufé d'avoir pendu fon fils âgé de 28 ans. On a fuppofé que ce père s'était porté à cette atrocité pour empêcher fon fils d'abjurer la Religion Proteftante que fa famille profeffait. Enfin le 9 Mars 1762 , cet infortuné fut condamné par Arrêt du Parlement de Touloufe à être rompu vif & enfuite jetté au feu. Ainfi l'on vit le plus innocent des hommes & le plus tendre des pères conduit au fupplice comme parricide , & expirer fur la roue avec une fermeté héroïque , en protef-tant de fon innocence & en conjurant le Ciel de pardonner à fes Juges & à fes

A ij

ennemis. Je n'entrerai pas dans de plus grands détails : les Mémoires de MM. ELIE DE BEAUMONT, MARIETTE, & LOISEAU ont dû faire assez connaître les circonstances de cette effrayante avanture. Toute l'Europe a frémi de cette malheureuse affaire. Tous les cœurs sensibles ont pris parti. Les pleurs ont coulé de tous les yeux, & les gens de la plus grande distinction se sont intéressés aux malheurs de cette famille infortunée. Madame CALAS est venuë se jetter aux pieds du ROI pour implorer sa Justice. Elle a offert de prouver que son époux avait été condamné injustement. Elle a supplié le Conseil du ROI d'examiner sa cause avec toute la sévérité possible, & de la punir

rigoureufement, fi elle était coupable.
Les Juges, nommés par le ROI, ont
revû le Procès fait à Touloufe, & toute l'Europe a retenti de l'innocence de
M. CALAS. Enfin, Samedi 9 Mars 1765,
l'Arrêt du Parlement de Touloufe a été
caffé, & M. CALAS père, fa famille &
tous les Accufés ont été jugés innocens
& réhabilités avec dépens, dommages
& intérêts. Madame CALAS accom-
pagnée de Mlles fes filles, étoit pré-
fente à cette décifion, & eft fortie du
Palais au milieu des acclamations de
fes Juges & d'une foule de Spectateurs
qui les environnaient.

On fait que M. DE VOLTAIRE,
en lifant les papiers publics, fut frappé
de l'innocence de M. CALAS, & qu'il

écrivit à fa veuve, qu'il ne connaiffait pas, pour l'engager à venir implorer la Juftice du R o i. Sa plume, fes foins, fon argent, fon crédit, il a tout employé pour lui faire rendre juftice. Cette fenfibilité doit, chez la Poftérité, faire autant d'honneur à fon cœur que fes ouvrages en feront à fon efprit. Combattre le fanatifme, fervir de père aux malheureux, rendre l'honneur à une famille opprimée ; voilà donc le mal que font les Philofophes.

Je ne dois point oublier un fait qui eft venu à ma connoiffance. M. le Maréchal de R ***. étant aux délices devant une nombreufe affemblée, demanda à M. DE VOLTAIRE des détails de cette affaire. L'Auteur de la Henriade lui raconta tout avec une éloquence si forte & si pathétique que M. le Maréchal & tous les spectateurs fondirent en larmes. Alors M. DE VOLTAIRE fit entrer un des CALAS fils, qui étoit dans une chambre voisine, & M. le Maréchal de R*** dit au jeune homme : *Monsieur, je suis persuadé de l'innocence de M. votre père ; vos malheurs m'ont vivement pénétré. Vous pouvez compter sur mon crédit & sur mes secours. Puisque vous n'avez plus de père, c'est à moi de vous en servir.* C'est par des traits semblables qui ennobliraient un homme obscur, qu'un grand Seigneur fait voir qu'il fort d'un sang illustre.

M. CALAS est supposé écrire cette Epître à sa femme & à ses enfans, à l'inſtant qu'il vient d'entendre l'Arrêt qui l'a condamné. Il s'adreſſe au Ciel, à la Terre, à ſes Juges, à ſes Ennemis, & les prend à témoins de ſon innocence. La ſituation eſt des plus intéreſſantes, & par conſéquent appartient à la poëſie. C'eſt ici le lieu d'avouer que je dois les plus beaux endroits de mon ouvrage aux Plaidoyers de M^{rs}. les Avocats. Je ne me ſuis point fait ſcrupule d'y prendre ce qui m'a convenu. Je me ſuis dit ce que l'illuſtre Molière ſe diſait à lui-même en liſant Plaute ; *cela eſt à moi, parce que cela eſt bon : il faut reprendre ſon bien où on le trouve.*

JEAN

JEAN CALAS

A SA FEMME ET A SES ENFANS,

HÉROÏDE.

O CHÉRE & tendre époufe, ô moitié de moi-même,
Répons-moi ; fens-tu bien cette force fuprême
Qui nous fait, fans frémir, envifager la mort?
Si tu la fens, écoute & vois quel eft mon fort.

Ce Sénat éclairé, dont le bras redoutable
Doit venger l'Innocent, & punir le Coupable ;
Que du glaive des Loix le Ciel voulut armer
Pour défendre le Jufte & non pour l'opprimer ;
Ce Sénat, dont cent fois j'admirai la juftice,
Vient de me condamner.... & je marche au fupplice.
Ce difcours te furprend, & tu ne conçois pas
Qu'il ait, fans nul indice, ordonné mon trépas.
Hélas ! rien n'eft plus vrai : la mort la plus cruelle
Et la honte pour moi bien plus à craindre qu'elle,

B

Sont le prix que le fort réferve à ton époux.

Quelle fauffe lumière a pu les tromper tous !

Ces Miniftres des Loix , dont l'équité févère

Réfifte aux préjugés reçus par le vulgaire ,

Sont-ils , comme un vil peuple . entraînés par l'erreur ?

Ont-ils , fans éxamen , adopté fa fureur ?

Ont-ils cru qu'un Vieillard , appefanti par l'âge ,

Pour un crime inoui ranimant fon courage ,

Bravant ce que jamais l'homme eut de plus facré ,

Ait porté fur fon Fils un bras dénaturé ?

Mais , fuppofant qu'en moi la Nature bifarre

Ait placé , pour ce crime , un cœur affez barbare ,

Ont-ils cru qu'une Mère , avec tranquillité ,

'Ait vû verfer le fang que fes flancs ont porté ,

Et qu'en nous uniffant , l'hymen trifte & fauvage

De deux monftres fanglans ait formé l'affemblage ?

Hélas ! ils ont cru tout , & mon fupplice eft prêt.

Le Fanatifme feul a dicté cet Arrêt.

Ah ! s'ils nous avoient vus dans ce moment terrible

Où la mort , fe montrant fous un afpect horrible ,

Vint offrir à nos yeux effrayés & furpris
Le corps pâle & glacé de ce malheureux Fils ;
Où le cœur déchiré des plus vives allarmes,
J'éclatais en fanglots & je fondais en larmes ;
Où l'appellant cent fois tu ferrais dans tes bras
Ce Fils, ce trifte Fils qui ne répondait pas ;
Nous auraient-ils jamais foupçonnés d'impofture ?
Se feraient-ils mépris au cri de la Nature ?
Ce fpectacle touchant pour nous aurait parlé :
Leurs cœurs auraient frémi, leurs pleurs auraient coulés
Hélas ! notre douleur ne fut que trop fincère !
Parmi ces Sénateurs ; ah ! s'il était un Père
Dans l'horreur d'un cachot je ne gémirais pas,
Et fes indignes fers tomberaient de mes bras.
D'un plus heureux fuccès je flattais mon courage,
Je crus que quelque jour je verrais cet orage
En éclats impuiffants fe fondre loin de moi,
L'Innocent dans les fers eft toujours fans effroi.

Quoi ! pendant foixante ans ma vertu fut entière,
Et l'opprobre m'attend au bout de ma carrière,

Quoi ! la vie & l'honneur vont donc m'être ravis ,

N'était-ce pas affez d'avoir perdu mon Fils ?

Déplorables humains, malheureux que nous fommes ,

Notre honneur dépend donc du caprice des hommes ?

Je meurs dans le fupplice, & cet horrible affront

S'étend fur ma Famille & va flétrir fon front.

Il eft bien douloureux, bien trifte pour un Père

De laiffer à fes Fils l'opprobre & la mifère.

Vous qui me condamnez, ô Juges , tremblez tous :

Le fang, que vous verfez , peut rejaillir fur vous :

Quel aveu voulez vous arracher de ma bouche ,

Sinon que l'honneur feul, que la vertu me touche ;

Que le meurtre à mes yeux a toujours fait horreur ,

Et qu'un Juge équitable eft fujet à l'erreur ?

Je ne crains que pour vous : Que m'importe une vie ,

Qui bientôt par les ans pourra m'être ravie !

CALAS, à votre bras, abandonne fes jours ;

Mais de ma deftinée examinez le cours ;

Du crime de mon fils, fi mon cœur eft complice ,

Je n'attends point de grace , & je marche au fupplice.

Par des tourmens affreux, tâchez d'épouvanter,
Quiconque à l'avenir oferait m'imiter.
Moi! coupable! grand Dieu! tremblez; on vous abufe,
Où font-ils ces témoins dont le ferment m'accufe ?
S'il en eft un, qu'il parle, & je le confondrai.
Je péris fous leurs coups, mais je triompherai.
Du fond de mon tombeau ma cendre peut renaître.
Le jour peut arriver où vous verrez peut-être
La vérité terrible éclater à vos yeux.
Le temps déchirera le voile injurieux,
Qui cachait dans la nuit ma timide innocence.
Alors vous frémirez d'une injufte fentence :
Par des larmes de fang vous pleurerez ma mort :
Vous ferez déchirés par les traits du remord.
Dieu, qui vois leur erreur, pardonne à leur faibleffe
Et détourne loin d'eux ta fureur vengereffe.

Lâches perfécuteurs, c'eft vous feuls, oui, c'eft vous
Qui trompez le Sénat & conduifez fes coups.
Cruels, vous triomphez; nous fommes vos victimes,
Et pour mieux me noircir vous me prêtez vos crimes,

Mais la honte est pour vous quand la mort est pour moi.
Je la vois s'approcher & je suis sans effroi.
Chère & fidelle Epouse, imite mon courage,
L'Innocent doit offrir un cœur ferme à l'orage.

O toi le premier né de mes tristes enfans,
Toi sur qui je fondais l'espoir de mes vieux ans,
Toi que j'ai tant aimé, toi dont la mort sanglante
A mes sens désolés semble toujours présente,
O mon Fils, mon cher Fils, dans quel abîme affreux
As-tu précipité tes Parens malheureux ?
Va, mon cœur te pardonne. Ah ! s'il était possible
Qu'à mes tristes destins ton ombre fût sensible,
Bientôt sortant pour moi du gouffre des enfers
Tu me rendrais l'honneur, & tu romprais mes fers.
Mais hélas ! insensible à mes plaintes funébres,
Tu dors tranquillement dans le sein des ténébres,
Et, dans ce doux repos, tu ne t'informes pas
Si ta mort aujourd'hui va causer mon trépas.

Dans mon destin fatal toi-méme enveloppée,
Chère Epouse, avec moi te verrais-tu frappée ?

Car, si je suis coupable, il faut que tu le sois;
On doit ou nous absoudre, ou nous perdre à la fois.
Ah cruels! si vos traits font expirer le Père,
Du moins à des Enfans conservez une Mère;
D'une Epouse si tendre épargnez les douleurs;
N'aigrissez point ses maux & respectez ses pleurs.
Si la mort est pour vous une si douce image,
Frappez, & que mon sang suffise à votre rage.

De ma triste maison cet ardent oppresseur *
Qui de la loi des Cieux se croit le défenseur,
Lui qui sur mon Fils mort a vu couler nos larmes,
A perdre un innocent peut-il trouver des charmes?
La mort est mon supplice & la vie est le sien:
Dans mes injustes maux Dieu sera mon soutien;
Mais lui, de ses enfans la plus tendre caresse
A son cœur déchiré reprochera sans cesse
Ses cruelles fureurs, mes tourmens & ma mort.

---

* M. CALAS veut parler sans doute de M. David, alors Capitoul à Toulouse & depuis peu destitué du Capitoulat par Arrêt du Parlement. Un Capitoul à Toulouse est à peu-près ce qu'est ici M. le Lieutenant Général de Police.

Dieu, ne le livrez point aux horreurs du remord :

Si, contraire à sa Loi, la Loi qui nous enchaîne

Dans son ame inflexible a fait naître la haine ;

Que du moins sur moi seul il cherche à se venger.

Mais comment se peut-il que ce jeune Etranger * ;

Dont le cœur est si noble, & le front si modeste,

Soit encore entraîné dans ma chûte funeste ?

Chère Epouse, dis-moi : quand, propice à nos feux,

L'Hymen nous enchaîna par le plus doux des nœuds ;

Quand le Ciel bénissant cette union si chère

Augmentait les Enfans dont il me rendit Père ;

Quand je louais ce Dieu dont les soins bienfaisans

Et sur eux & sur nous répandaient ces présens ;

Quand pour eux j'implorais la Puissance céleste,

Aurais-tu cru qu'un d'eux nous devînt si funeste,

Et qu'un jour au supplice injustement livrés

Par la main d'un Bourreau nous fussions séparés.

-----

* M. Lavaisse, Fils d'un Avocat de Toulouse, que M. Calas
Père avoit invité à souper le soir même que Marc-Antoine Calas
s'est défait, & qui a eu le malheur d'être compliqué dans cette
procédure.

Dés fragiles humains tu connais la faiblesse ;

Jusqu'au dernier moment je me flatte sans cesse ;

Oui, malgré que ce Peuple avec acharnement

D'un Père infortuné pourfuive le tourment,

Je crois qu'épouvanté de mon affreux fupplice,

Il ouvrira les yeux & me rendra juftice.

Mais vois comment le Ciel fe rit de mon erreur.

Un fonge cette nuit, pour mieux tromper mon cœur,

Me faifait concevoir le plus heureux augure.

Un Spectre, à la lueur d'une lumière obfcure,

S'offre à moi ; de frayeur tous mes fens font faifis.

Raffure-toi, dit-il, que crains-tu de ton Fils,

Mon Père ? de tes maux c'eft moi qui fuis la caufe ;

J'en gémis ; mais fur Dieu que ton cœur fe repofe :

Il ne fouffrira point qu'un injufte foupçon

Flétriffe pour jamais & ton cœur & ton nom ;

Par lui, par fon fecours l'innocence vengée

Voit, d'un piége trompeur, fa marche dégagée ;

Sans doute un jour viendra... Que veux-tu m'annoncer,

M'écriai-je, ô mon Fils ? Je cours pour l'embraffer,

Mais je ne trouve plus qu'une vapeur horrible.

C

'Alors mon cachot s'ouvre avec un bruit terrible :
Je m'éveille : je crois qu'on va changer mon fort ;
Mais que vois-je? un Bourreau vient m'annoncer la mort.

Noir tombeau des vivans, trifte & lugubre enceinte
Où près du crime affis l'Innocent vit fans crainte,
Où le Coupable aux fers, de remords combattu,
Ofe efpérer le prix qu'on doit à la vertu ;
Parmi ces malheureux que ton ombre renferme,
Tu n'en verras jamais qui, d'un œil auffi ferme,
Porte, au fupplice affreux où je fuis condamné,
Un cœur plus innocent & plus infortuné ?

Où font donc ces amis dont la flatteufe adreffe
'Avait trompé mon cœnr & furpris ma tendreffe ;
Qui me chériffaient tant dans mes profpérités ?
Le malheur loin de moi les a tous écartés.
Cette amitié fi vive en projets confumée
Au milieu des fermens s'évapore en fumée.
Qu'ils viennent, ces témoins de mon intégrité,
A mes Juges féduits montrer la vérité.

Quoi, lorfque de mon cœur connaiffant la droiture

Ils peuvent d'un feul mot démentir l'impofture,

Ils gardent pour moi feul un filence profond !

Dans ces momens affreux tant d'horreur me confond.

Tout fuit quand j'ai befoin d'une utile défenfe ;

N'eft-il donc plus de cœur fenfible à l'innocence ?

Hélas ! confole - toi, Mortel infortuné ;

Le fort d'un malheureux eft d'être abandonné.

Non, il ne fut jamais un fort plus déplorable

Que d'avoir un cœur pur & d'être cru coupable ;

J'ai bien prévu le coup dont je me fens frappé,

Quand fur de faux rapports tout un Peuple trompé

Imputait à mon bras cette mort fi cruelle :

Quand ce Peuple crédule *, animé d'un faux zèle,

---

* MARC-ANTOINE CALAS était Proteftant, ainfi que fon Père, & cependant le Peuple croyant qu'il était mort martyr, lui fit faire un magnifique fervice dans plufieurs Eglifes de Touloufe. MARC-ANTOINE était repréfenté par un fquelette humain, tenant d'une main un écrit, fur lequel on lifait *Abjuration de l'Héréfie*, & de l'autre une palme, fymbole du martyre.

Plaçait au rang des Saints cet Enfant malheureux,
Que peut-être autrement Dieu jugeait dans les Cieux.
Ce qui fur le danger m'éclaira davantage ;
Ce fut l'inſtant funeſte * où rappellant ſa rage,
Touloufe avec tranſport célébrait le retour
De ce maſſacre affreux, de cet horrible jour,
Qui dut être de pleurs une ſource éternelle.
Quand de mes ennemis la foule criminelle
Des feux du Fanatiſme embrâſait les eſprits ;
Quand ce Peuple cruel demandait à grands cris,
Que pour ce jour ſanglant l'on gardât la victime ;
Alors je vis fous moi s'approfondir l'abîme.
Tu connais les fureurs d'un Peuple audacieux
Qui, par des cruautés, penſe venger les Cieux.

Hélas ! ſommes-nous donc dans ces tems déplorables
Où l'erreur fit verſer le ſang de nos ſemblables ?

---

* Il eſt ici queſtion de cette Fête que l'on célébre à Touloufe
ous les ans en mémoire d'un maſſacre de Huguenots arrivé il y
a environ deux Siécles.

Quoi ! lorfqu'éclairant tout de fon flambeau divin *
La Raifon veut enfemble unir Rome & Calvin ;
Que fans approfondir tant de Sectes contraires,
Elle veut des humains faire un Peuple de Frères ;
C'eft en nous immolant, qu'on veut nous convertir,
Barbares, de l'erreur il eft temps de fortir ;
Répondez : eft-ce ainfi que ces premiers Apôtres,
Heureux Réformateurs de vos Loix & des nôtres,
A leur culte enchaînaient la foule des Mortels ?
Ont-ils du fang humain arrofé les Autels ?
La paix & la douceur étaient leurs feules armes ;
D'une Famille en deuil ils effuyaient les larmes ;
Ils pardonnaient à ceux qui les ont accablés ;
Eft-ce, en nous maffacrant, que vous leur reffemblés ?
Jefus dont nous fuivons la morale divine,
Fit-il, le fer en main, adopter fa doctrine ?
A-t-il du Fanatifme enfeigné les chemins ?
Vous a-t-il ordonné d'égorger les Humains ?
Dans fes Livres facrés l'humanité refpire ;

---

* Il ne faut pas oublier que c'eft un Proteftant qui parle.

Ce n'eft que fur la paix qu'eft fondé fon Empire ;
La force fur les cœurs ne pourra jamais rien :
Elle rend Hypocrite, & ne rend pas Chrétien.

O Toi dont l'Univers adore la puiffance,
Toi qui lis dans mon cœur, qui vois mon innocence,
Dieu que j'implore, entends ma voix du haut des Cieux:
Ce jour eft le dernier qui va luire à mes yeux ;
Daigne éclaircir le doute où cet inftant me plonge ;
Si je fuis égaré dans la nuit du menfonge ,
Si jamais loin de toi mon cœur s'eft écarté ,
A mes regards mourans fais briller ta clarté ;
J'embraffe des Romains le dogme & les myftères.
Mais fi , fuivant en paix le culte de mes Pères,
Je marche au vrai chemin qui conduit jufqu'à toi :
Dans ces heureux fentiers, mon Dieu, raffermis-moi.
Tu vois comme en ce jour l'erreur me perfécute.
Tu fais fi j'ai commis le forfait qu'on m'impute :
Hélas ! je voudrais bien, dans ces momens d'effroi,
N'avoir point d'autre crime à porter devant toi.
En permettant l'erreur que ce Sénat écoute,

Du crime de mon Fils tu me punis sans doute.

CALAS, qui de ta main reçoit ces châtimens,

Se livre, sans murmure, aux plus cruels tourmens.

Mon Dieu, de tes Elus souffrir est le partage,

Plus innocent que moi tu souffris davantage. *

Je t'offre mes douleurs : que cet affreux trépas

Trouve grâce à tes yeux, & désarme ton bras,

Et que mon ame enfin de mes fautes lavée

Jouisse de la gloire à tes Saints réservée.

De ma triste innocence, infortunés témoins,

Vous dont les premiers ans m'ont coûté tant de soins,

Dont les charmes naissans font aimer la sagesse,

Mes Filles ; autrefois je flattais ma tendresse

De vous laisser un jour dans les bras d'un Epoux.

Quel Mortel courageux, hélas ! voudrait pour vous

Braver ce préjugé, peut-être trop sévère,

Qui flétrit les Enfans du crime de leur Père ?

---

* Ce sont les dernières paroles de CALAS qu'on a tâché de
rendre ici.

Et toi dont le bonheur me fut si précieux ,

Chère Epouse , reçois mes plus tendres adieux.

Vivez, mes chers Enfans, consolez votre Mère ,

Et si de votre nom la gloire vous est chère ,

Allez & jettez-vous aux pieds de votre R o r ,

Demandez-lui l'honneur que vous perdez en moi.

Vous verrez qu'en ces lieux , qu'on peint inaccessibles ,

Tous les cœurs , mes Enfans, ne sont pas insensibles.

Ce Prince bienfaisant , touché de vos malheurs ,

De son bandeau sacré peut essuyer vos pleurs :

De nos vils ennemis démélant l'artifice ,

Il confondra leur brigue & vous rendra justice.

Mais , rentrés dans vos droits , devenez généreux ,

Et ne vous en vengez qu'en les rendant heureux ;

Ce n'est qu'en pardonnant qu'un grand cœur se signale.

Adieu. J'entends déja sonner l'heure fatale ,

Hélas ! fut-il jamais un plus funeste sort ?

On ouvre ; c'en est fait .... Ah , votre Père est mort.

F I N.